衛斯理系列 少年版 24

蜂雲

上

作者：衛斯理

文字整理：耿啟文

繪畫：鄺志德

老少咸宜的新作

　　寫了幾十年的小說，從來沒想過讀者的年齡層，直到出版社提出可以有少年版，才猛然省起，讀者年齡不同，對文字的理解和接受能力，也有所不同，確然可以將少年作特定對象而寫作。然本人年邁力衰，且不是所長，就由出版社籌劃。經蘇惠良老總精心處理，少年版面世。讀畢，大是嘆服，豈止少年，直頭老少咸宜，舊文新生，妙不可言，樂為之序。

倪匡　2018.10.11　香港

主要登場角色

陳天遠教授

傑克

衛斯理

殷嘉麗

符強生

第一章

地球上的奇蹟

這個故事發生在**藍血人事件**之後，那時我因藍血人事件，還有好友納爾遜的去世，心情十分低落，想找一個地方靜養一下。

我於是想起了一位富翁朋友，他在郊外有一幢空置的**別墅**，相當僻靜，是休養的好地方。而這位富翁亦十分爽快地答應把別墅借給我暫住。

我本來是要來靜養的，卻沒想到一搬進來，就聽到不

知哪裏傳來的機器運作 **噪聲**，而且沒有一刻停止過。

後來我才知道，原來距離這別墅二十碼處的另一座房子裏，住着一位 **國際** 著名的生物學家陳天遠教授。

陳教授本來在美國主持一項太空生物研究工作，但因為獲得一位好友的邀請，盛情難卻，才來此地為一家大學任教。

陳教授雖然離開了美國，卻沒有放棄他的研究課題——**海王星** 生物發生之可能。

由於海王星離地球很遠，在太空探索的計劃中，它並不重要。陳教授之所以會去研究這個課題，全因為太空署的一項錯誤所造成的。

該署在許多年前曾向金星發射了一枚 **火箭**，但因為計算上出了錯誤，這枚火箭逸出了飛行軌道，不知去向。

沒想到在許多年之後，**太空署**突然接收到那枚火箭上所攜帶的儀器拍回來的**資料**，經過專家研究，發現那些資料竟然是關於海王星的，那枚逸出了軌道的火箭，意外到達了海王星附近。

陳天遠教授參考那些資料，模擬海王星表面的氣壓、**溫度**、大氣層和地表成分等等，製作了一個**培養箱**。他應聘東來時，將這個培養箱也帶來了，這涉及許許多多調節氣壓、溫度等等的儀器，必須日夜不停地運作，因此發出不少噪聲來。

我很快就適應了那些噪聲，把它當作**白噪音**，竟然對平復心情還有點幫助。

陳教授還有一位**女助手殷嘉麗**，是大學裏的助教，幾乎每天都會來協助陳教授做研究實驗。她年紀很輕，而且美麗得不太像一個助教。

我搬到這幢別墅後一直未有機會和他們交談，只是遠遠地見到他們。而陳教授總是低頭沉思着什麼似的，我懷疑他根本沒察覺到我這個鄰居的存在。

直到一天早上，我在陽台上享受着深秋的陽光，忽然聽到陳教授的屋子裏傳出尖叫聲。我循聲望去，看到殷嘉麗穿着白色實驗服，從一間密封的長方形小屋衝了出來，我後來知道那是由車庫改裝而成的實驗室，她緊張地大叫：「陳教授，陳教授，他出現了，他真的出現了，我看到他！」

我聽了大吃一驚，「他」是什麼人？難道有歹徒入屋**胡作非為**？

我立即翻身躍下欄杆，從很高的陽台跳了下去，直奔向他們的住所。

當我翻過了陳教授住宅的圍牆時，陳教授剛好從室內走出來，看到了我，極驚訝地指着我說：「什麼……竟然……和我們一樣？」

只見殷嘉麗既着急又有點**哭笑**不得，連忙拉着陳教授說：「當然不是他！在實驗室裏！」

他們匆匆走進了實驗室，我在外面大聲說明：「我是你們的鄰居，剛才聽到那位小姐的高呼，我以為發生了什麼**意外**。」

我得不到任何回應，正擔心實驗室裏會不會出了什麼事故之際，陳教授突然開門衝出來，搭着我的雙肩，興奮

地說：「朋友，它出現了！」

這句話他是用英文說的，所以我知道他說的是「它」而不是「他」。

我還來不及問，陳教授又說：「**來！**你也來看看，一起分享這份喜悅！」

他一面說，一面拉着我進入實驗室，我看到裏面擺放了不少機械儀器，其中有一座十分大的顯微鏡，放在工作桌上，殷嘉麗正在顯微鏡前觀察着說：「教授，它分裂的速度十分驚人，*相互吞噬*——」

陳天遠拍拍她的肩，「知道了，讓我們這位朋友看看。」

殷嘉麗側身讓開，我湊上眼睛去，看到了幾個如同**阿米巴變形蟲**的東西，正在蠕動着、分裂着，但又互相吞噬，轉眼之間，便只剩下一個。而那一個，又開始**分裂**，不到幾秒鐘，又到了成千上萬個，相互間仍然

吞噬着，到最後，又只剩下了一個。這樣的一次循環，大約**不到**二十秒鐘，而那種微生物在吞噬了其他之後，它的體積看來已大了許多。

它們吞噬的，可以說是它的本身，這種生長方式真是聞所未聞。

那時我還未知道陳天遠研究的課題是什麼，我看了大半分鐘，才抬起頭來問：「這是什麼東西？」

陳教授哈哈大笑起來，「你聽聽，他説這是『*什麼東西*』。哈哈，這個『什麼東西』將是地球上的奇蹟。」

這時殷嘉麗忍不住提醒陳天遠：「教授，你不該和陌生人講太多。」

陳天遠如夢初醒，「不錯，朋友，你該離開這裏了！」

我雖然不願離開，還想進一步滿足我的*好奇心*，但是在這樣的情形下，也不能不走了。

我回到了自己的住所，用一具**長程望遠鏡**去觀察陳天遠和殷嘉麗兩人的行動，又命人給我送來靈敏的偷聽器，用來偷聽兩人交談。

我聽了兩三小時，總算知道了不少有關陳天遠教授的事，就是我在前面所寫關於他的背景資料。

當晚，我一早就睡了，在有規律的機器聲中，人似乎更容易**入睡**。

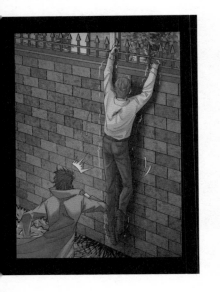

但半夜裏，我突然被一下**驚呼聲**驚醒，那是非常淒厲而恐怖的驚呼聲，從陳教授的住所傳過來。我立刻又直奔過去看看，到了他住所的圍牆時，抬頭看到一個人雙手抓住了圍牆上的鐵枝，身子搖曳不定，背部不斷滲出鮮血，痛苦

呻吟着。

　　那人手一鬆，整個人便跌了下來，我連忙上前去看他，只見他痛苦得**臉部扭曲**，轉眼就斷了氣。

　　我察看他背上的**傷痕**，似乎是被一柄刃口十分窄，但是刀身十分長的尖刀所刺死的。

　　由於感到太駭然，以致背後響起了一陣怪聲時，我也沒注意到是什麼聲音，直至感到突然有什麼東西觸及我的肩部，我才驚醒過來，立即反手向肩後抓去，我握到了一條**毛茸茸**的手臂。

我俯身想將握住的那人摔過來，可是那條手臂卻以一種異乎尋常的力量掙脫開去。

我大吃一驚，心想這次遇到勁敵了，連忙轉過身來，定睛一看，我不禁呆住，而且有種毛髮直豎的感覺！

別以為在我面前出現了什麼三頭六臂的怪物，那樣反而不可怕，最可怕的是：如今在我眼前，竟然什麼也沒有！

我呆立了不久，便聽到陳天遠所養的狗在吠叫，圍牆內的屋子亮着了燈，那當然是陳天遠教授起來了。

我意識到自己的處境相當麻煩，為了不想多惹是非，決定先返回我的**住處**去。

回到別墅後，我感覺到手裏好像黏着什麼東西，攤開手掌一看，發現是三四根金毛，或者説是金刺，**金光閃閃**，硬而細，那當然是我剛才抓住那條手臂時黏在我手上的了。

我回到了臥室不久，便聽到陳天遠教授發出的**怒罵聲**。

殷嘉麗白天來工作，晚上是不在的，我不知道陳教授以可怕的粗言咒罵着什麼。

二十分鐘後，**警車** 到了。

我用望遠鏡看過去，看到陳天遠住宅的外面，來了三輛警車，其中一輛更有着探照燈設備，正在大放光明。而且我還看到，最近升了官的傑克中校，駕着一輛 *電單車* 趕到了現場。警方如此大陣仗，使我隱隱感覺到，此事非比尋常。

第二章

疑兇

　　傑克的出現，使我覺得事情比我預料中更重大，因為傑克是 **秘密工作組** 的組長，我初認識他時，他還是少校，此刻他剛升為中校，如果看過我其他的故事便會知道，他後來又晉升至 **上校** 了。

　　若非事關重大，並涉及國際間諜糾紛的話，他是絕不會在 午夜 親自出動的。

　　我不想讓傑克發現我在這裏，因為上次我和傑克所打的交道並不愉快，而且我絕不願意牽入任何間諜特務鬥爭的 **漩渦** 之中。

　　所以我繼續留在屋內，用望遠鏡和那具 **偷聽器**，

伏在窗口，細心觀察。

我看到十來個探員裏裏外外地搜索着，幾乎將每一根草都翻了過來。

而那個死者，則被抬上黑箱車，由四個武裝人員保護着，**風馳電掣**而去。

我又看到傑克的面色十分緊張，除了發出簡單的命令外，什麼話也不説。

聲音最大，説話最多的則是陳天遠教授。他穿着 **睡袍**，揮舞着雙手，漲紅了臉，以英語向傑克中校咆哮着：「此地的治安太差了！我從事那麼重要的實驗，剛有了一些成果，就什麼都被毀了！一個小偷毀了震驚世界的巨大成就，發生在由你們管理治安的城市中，可恥，**可恥！**」

傑克絕不是一個好脾氣的人，正想發作之際，突然

被一下淒厲的尖叫聲打斷。

陳天遠和傑克身處圍牆之內，而那慘叫聲是在**圍牆**外響起的，兩人不知道牆外發生了什麼事。

我一聽到了慘叫聲，立即轉過望遠鏡，向發出慘叫聲的方向看去。幾乎在同時，**探照燈**亦照向發出聲音的地點。

那裏是一個十分深的草叢，我看到一個便衣探員倒在草地上，正竭力想伸手去按住背部的**傷口**，可是手臂卻不夠長。他背部流出來的鮮血，將半枯黃的草染得怵目驚心。

那個便衣探員臉上現出**恐怖絕倫**的神情，眼珠凸出，歪曲着的口角流出白沫，手指痙攣，身體在痛苦地

滾動着。

我一眼看出這人活不長了，連忙去觀察四周圍的情形。

那草叢離 **公路** 並不遠，而在草叢的四周圍又全是平地，沒有可供藏身的地方。

探照燈已將周圍照得通明，那探員受襲慘叫到現在，不會超過二十秒，可是這時在我目力所及的範圍內，卻看不到兇手。

我從 **望遠鏡** ◯◯ 中，看到那探員背部的傷口深而狹小，和第一個死者一模一樣。

那兇手實在膽大包天，居然在警員密佈的情形下，殺死一個 **探員** ！

兇手能在那麼短的時間內逃得無影無蹤，令我想起在發現第一個死者時，曾有人在我的背後偷襲，而當我一轉過身去，兇徒就 **不見了**。

　　毫無疑問，那偷襲我的人，一定就是連殺兩個人的**兇徒**。

　　警務人員一直忙到天亮，我則躺在牀上，思索着這件事，和審視着那幾根金色的硬毛。

　　到了清晨六時，突然響起了急驟的**門鈴聲** 🔔，我一開門，四個彪形大漢便衝了進來，其中一個亮出證件説：「警方特別工作組。」

另一個立即取出了手銬，「你被捕了。」

我不禁大怒，「我為什麼被捕？」

我一翻手腕，「拍」地一聲，將手銬 ○○ 反銬到那個探員的手上。

這時傑克也踏進屋裏來了，大喝道：「衛斯理，不要拒捕！」

我怒問：「傑克，你憑什麼拘捕我？」

「謀殺，連環謀殺！」傑克說。

我又是好氣，又是好笑，「你以為昨晚發生的兇案是我所為？我殺了人還在這裏不走？你有什麼證據？」

傑克十分有把握地笑了笑，從懷裏取出一疊照片，向我展示，「你自己看吧。」

從這些照片可見，有一個人在別墅二樓臥室的窗前，拿着望遠鏡在看着些什麼，而且戴上耳機，窗檻上放

着一具儀器，稍有經驗的人一眼便看得出那是一具偷聽器。

傑克神氣地說：「昨晚，我們利用紅外線攝影，將周圍的環境全部拍攝了下來，想不到你的尊容竟在照片上出現。」

我有點尷尬，「這能代表什麼？難道我用望遠鏡殺人了？」

傑克中校冷笑道：「問題是，你為什麼會在這裏？**三更半夜**在窗前偷看、偷聽什麼？昨夜兇手行兇後瞬間就不知所終，那麼短的時間，他能逃到哪裏去？」

「傑克，你弄錯了，我絕不是**謀殺犯**，這別墅是我朋友借給我靜養的。我是聽到慘叫聲才用望遠鏡去看看發生什麼事……」

只見傑克點着頭，忍不住笑道：「嗯，你還知道會有兇案發生，所以一早準備了望遠鏡和**偷聽器**。你

帶着這些裝備來靜養，對嗎？」

「傑克，你真的誤會了！」

但傑克沒耐性聽我解釋，大喝一聲：「帶他上車！」

他們把我押上一輛**黑色的大房車**，這輛車子是經過精心改造的，車廂只能容下一個人，其餘的地方全是防彈的堅固金屬，車門厚達二十厘米，而在車廂中，看不到司機在什麼地方，這輛車顯然是用來運送要犯的。

車子已經開動了，我所身處的車廂是 **密封** 的，無法知道車子要駛去何處。我怎麼推怎麼撞也弄不開車門，只有司機能控制開關，而我連司機在哪裏也看不見。

運送一個涉嫌謀殺的疑犯，是絕不需要如此 **鄭重其事** 的，我知道自己一定是被扯進了什麼重大的漩渦之中。

我當然是 **清白** 的，可是他們已經認定我是罪人，而且看押送我的規格便知道，這並非一般的案件。我對傑

克的查案能力沒有信心，我必須靠自己去查出真兇是誰，證明我的清白，不做代罪羔羊。

　　我想盡辦法逃出車子，可是怎麼做也不成功，正發愁之際，忽然留意到座位十分柔軟，心中一動，連忙轉過身，用力將**坐墊**掀了起來，發現座下有著**彈簧**。我用力將所有彈簧拆除，互相交疊在一起，省下了大量空間，然後嘗試整個人躲進坐墊下的**空洞**去。

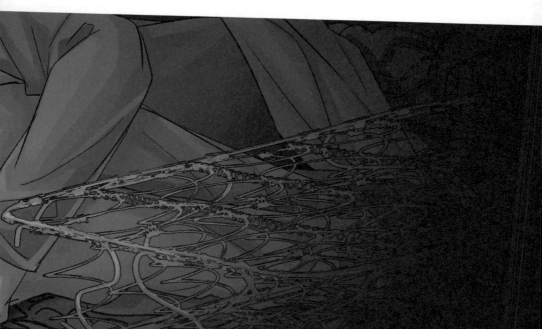

　　我蜷曲着身子，盡量使自己的身子縮小到不能再小，再將坐墊放回來，我立即感到窒息和難以形容的**痛苦**。

　　在我躲起來之後大約七八分鐘，車子便停了下來。

　　我聽到鑰匙相碰的叮噹聲，這輛車子的車門，一定要經過十分複雜的手續才能打開。接着，我聽到了「**格勒**」一聲，車門被打開了。

　　剎那之間，十分寂靜，一點聲音也沒有。

　　靜寂了大約半分鐘，便聽到兩聲驚呼和一連串的腳步聲、**哨子聲**，我估計他們以為我在中途逃走了，正召集人員去圍捕我。再接下來，便是幾下憤怒拍打車身的聲音，還有傑克在咆哮：「不可能，這是*不可能的！*」

第三章

莫名其妙的暗號

　　除了傑克之外，另有一把冷靜的聲音說：「中校，我看不到**車廂中**有人。」

　　傑克叫道：「是我親自押着他進車的，不可能不見了。」

　　那聲音說：「你說已經擒住了對方一個重要成員，我已向**最高**情報當局上報，但如今只好取消這個報告了，中校，你同意麼？」

傑克的聲音聽來**沮喪之極**：「我⋯⋯我同意，上校先生。」

上校先生 ，原來那人的地位還在傑克之上。為什麼出動傑克中校還不夠，另外還要出動一個上校呢？我被指為「對方的重要成員」，這「對方」又是何所指呢？

我正在想着，只聽到「砰」的一聲，車門已關上了。

接着，我聽到傑克的一下怪叫，車子向前駛去，隨即又停了下來。我聽到前面司機位置處有開門關門的聲音，顯然是司機將車子開到車房後就走了。

我連忙頂開坐墊，鑽了出來，只見車廂裏一片漆黑，我立即打開手機的**閃光燈**，仔細地審視車廂中的情形。

我知道我沒法子打開那道車門，便嘗試用拆下來的彈簧去撬前面司機的位置，但是隔絕我和駕駛位的，是極其堅硬的**合金**，根本沒有希望。

過了半小時，我喘着氣，呼吸愈來愈困難，這個**密封**的車廂裏，氧氣快要用盡了。

如果我不出聲求救，一定會窒息而死的！

這時車外忽然傳來傑克的聲音：「你試過許多方法，也打不開車門，是不是？」

我呆了一呆，原來傑克終於識穿了我的**伎倆**。

他接着又冷冷地説：「衛斯理，你想逃脱，只怕沒那麼容易，你可知道車廂中的空氣，只能供你呼吸多久？你應該慶幸我回來了，你大聲求救的話，我能聽到，把你救出來。」

傑克擺明因為剛才被我瞞騙了，**心中有氣**，現在要我向他求情，才肯救我！

但我可是受過嚴格的**中國武術訓練**，中國武術中的「內功」，最重要的一環，便是學習如何控制呼吸。

我估計我還可以挺半小時左右，於是決定孤注一擲，絕不出聲，讓傑克以為我已經昏死過去。

傑克在車外不斷地**冷嘲熱諷**，以泄他心頭之恨。可是又過了三四分鐘，傑克突然緊張地大喊：「快拿鑰匙來，快！」

從他急促的聲音中，我知道他又上當了，他真的害怕我已經死了。

我將身子移近 車門 ，頭靠在門框上，閉上了眼睛，十足是昏了過去的樣子。

我才擺好了這個**姿勢**，車門就打了開來，我雙眼打開了一道縫，看見傑克探頭進車廂，粗暴地伸手過來，想將我

拖出去。

　　就在傑克的手碰到我的手腕之際，我突然一翻手，將他的手腕抓住，然後猛地一扭，把他的手臂扭到背後，同時右手一探，將他腰際的**佩槍** 奪了過來。

　　我用槍指住他的背部，脅持着他跨出了車廂，他只能發出一連串可怕的謾罵聲。

那是一間車房，還停着別的幾輛 **車子**，幾乎在每一輛車子後面都有警方人員持槍瞄準着我。

我自覺得意地笑了一笑，「對不起得很，我只能用這個方法來逃生。」

傑克咆哮道：「你逃不出去的，全世界的警務人員都會 **通緝你**！」

我搖着頭，「你太糊塗了，我完全是一個無辜的人，你卻要將我逮捕，當我是謀殺者，我除了靠自己去 **查明真相** 之外，還有什麼法子？」

這時候，一個身材十分矮，面目普通的中年人，匆匆走進車房，來到我的面前說：「久仰久仰，是衛先生麼？」

我認出他的聲音，是那個地位還在傑克之上的上校。

他又說：「聽說國際警方的 **納爾遜先生** 是你的好朋友，是不是？」

我點了點頭，心中不禁黯然。納爾遜的確是我的**好朋友**，但他已經死了。上校說：「我想，我們也可以成為好朋友的，因為納爾遜先生也正是我的好友。」

我冷冷地說：「或者可能，但不是現在，我想離去了，你不會阻攔我吧？」

這上校不愧是一位老練的領導，他**不動聲色**，身子讓開了半步，「當然可以，希望我們能再見。」

「我們當然會再見的，因為我必須向你們指出，你們是犯了多麼**嚴重**的錯誤！」我說。

「歡迎，歡迎。」上校一揮手，「朗弗生，你來駕車，送這位先生離開這裏。」

一個年輕人**應聲**而出，走到了一輛汽車面前，打開了車門。我仍然抓着傑克，步向那輛汽車，一起進了車廂。

那叫作朗弗生的年輕人果然開車送我離開，沿途也沒有耍任何花樣。

我要求他將車子駛到市區最繁盛的地方，在一條最熱鬧的馬路上停下來，然後我打開車門，竄出車廂，迅即消失在一條**橫街**之中，使他們難以追蹤過來。

我決定先去大學找陳天遠教授，因為兇案首先在他的住所發生，或許他知道一些線索。

一小時後，我已在 **大學** 的會客室中，等了十分鐘，陳教授沒有來，進來的卻是他的女助手殷嘉麗。

殷嘉麗一見到我，怔了一怔，「原來是你，有什麼事？」

我站起身來，「殷小姐，我有重要的事情要見陳教授，請你轉達我的請求。」

殷嘉麗皺起了兩道秀眉説：「陳教授失蹤了。」

「什麼？」我很驚訝。

她接着説：「陳教授是一個脾氣十分古怪的人，對自己所從事的實驗十分重視，可是昨天晚上，實驗室遭到破壞，他可能受了極大的刺激，不知做什麼去了。」

「警方知道麼？」我問。

「知道。我早上到陳教授住所去，才知道發生了大事，而且發現陳教授不在，所以我立即通知警方，他們已在調查了。」

　　警方要調查陳天遠失蹤一事，當然會到這大學來，我不宜再逗留下去，立即向殷嘉麗告辭。但奇怪的是，我們分手時，她莫名其妙地説了一句：「再見了，**楊先生**。」

　　我猛地一呆，説：「**我不姓楊。**」

　　只見殷嘉麗忽然一笑，便轉身走了。

　　我匆匆離開了教學大樓，愈想愈覺得那句「楊先生」十分古怪，像是什麼 **暗 號** 一樣，於是忍不住又回去，想向殷嘉麗問清楚。

　　但我發現殷嘉麗並非回去工作，而是和我一樣，匆匆離開了 **教學大樓**。我覺得有可疑，便決定悄悄跟蹤着她。

　　跟蹤了近半小時，她走進了 **公園**，在一張長椅上坐了下來，取出書來閱讀。

　　我離她二十呎左右，站在樹下，又等了近半小時，終

於有一個人向殷嘉麗的長椅走過去，而且這個人我是認識的，他叫**阿星**，是一個唯利是圖，只要有**錢 $**，什麼勾當都願意做的小流氓。

　　阿星來到了殷嘉麗所坐的長椅前面，停了一停，像老鼠一樣的眼睛四面打量着，然後在**長椅**　　的另一端坐了下來，我聽不到他們的交談聲，但我看到他們在交談了約兩分鐘，殷嘉麗便站起身來，走了。

　　阿星在長椅上伸懶腰，看情形他是準備在殷嘉麗走遠之後才離去，以**掩**人*耳目*。

　　我輕輕地走過去，來到了長椅後，突然開口：「阿星，你在等我麼？」

第四章

捲入特務漩渦

阿星僵在長椅上，鼠眼突出，一時之間不懂反應。

我在他的身邊坐了下來，他悄悄伸手到 上衣 的襟中，拔出一樣什麼東西之際，卻立時被我抓住了手腕。

他手中的東西如同 打火機 ，跌到地上，「叮」的一聲，一根尖刺彈了出來，不用說，那一定是含有劇毒的 殺人利器 了。

我仍然握着阿星的手腕，一手又將那東西拾了起來，

45

向阿星揚了一揚，問：「被這針刺中，死狀是什麼樣的？」

阿星面色發青，「不……不要……這裏面儲有足可殺死數百人的南美響尾蛇毒液，我……送給你，送給你，你將它拿開些。」

遠處有人走了過來，我將毒針收起，一手搭在阿星的肩頭上，作老友狀，「你聽着，我問什麼，你答什麼。殷嘉麗是什麼人？你和她聯絡，又是為了什麼？」

「不關我事，我只不過受人委託，每隔 **三天** ，和她見面一次，看她是不是有東西交給我，我便轉交給委託我的人。」

「委託你的人*是誰*？」

阿星瞪着眼，「我不知

道，我只知道收了錢，便替人服務。」

「你倒很忠誠啊，那麼你和委託人怎樣見面呢？」

阿星眨着眼，我又取出了那毒針，在他面前揚了一下，他慌忙道：「每次不同，這一次是在今天下午**三時**，在一個停車場裏，他是一個皮膚白皙的胖子，歐洲人，穿極其名貴的西裝，戴着**鑽石戒指〇**。」

「好，那麼殷嘉麗今天有沒有東西交給你？」

阿星哀求道：「衛斯理，如果我什麼都説了出來，我一樣**活不了**的！」

我對這家伙絕不憐憫，冷笑道：「貴客自理，你不拿出來的話，我可以將這根針刺進你的身體後，再對你慢慢搜身。」

阿星嘆了一口氣，「唉……這便是她交給我的東西。」

他從衣袋中摸出了**一粒**女裝**大花鈕子〇**，我

立時瞪着眼罵道：「你以為我不敢刺你嗎？」

「不不不，你看清楚。」阿星將那粒大花鈕子旋了一下，旋開成兩半，在鈕子裏面，藏着一小塊**晶片**，相信是用來儲存秘密資料的，但如何讀取晶片裏的內容，外人得花不少工夫去嘗試才知道。

我將這東西放入袋中，然後站了起來，「阿星，你聽着，今天下午是我去和那個胖子見面，不是你。如果我見到你的影子，那便是你進**地獄**的時候了。」

阿星連連點頭。

我迅速地離開了公園，在街頭一面遊蕩，一面想着接下來的對策。直到三時左右，我才來到阿星所說的那個**停車場**中。

　　我到停車場的時候是二時五十八分。恰好在 **三時正**，一輛名貴房車由一個口銜雪茄，身穿高級服裝的洋胖子駕駛進來。

　　他停好了車，便向外走去，我連忙上前和他打了一個招呼。

　　那胖子冷冷地回頭來看我，我說：「阿星有事不能來，派我做代表。」

　　那胖子「哼」地一聲，「誰是阿星？*滾開！*」

　　我取出那枚大衣鈕扣，在他面前揚了一揚，「這個，是阿星叫我轉交給你的。」

　　那胖子看也不看就罵道：「你如果繼續騷擾我，我就 **報警**！」

　　我見他堅持不認，便以退為進，連聲道歉：「對不起，先生，我認錯人了！」

我還故意喃喃自語：「阿星真是該死，也不告訴我那胖子叫什麼名字！」

那胖子頭也不回地走了，我也裝着不再注意他，繼續在停車場門口等人。

過了十分鐘，那個胖子又走回來，低聲問我：「楊先生？」

我一聽到他這樣問，不禁呆了一呆，這句「楊先生」

果然是個暗號，可是我卻不知道該怎麼回答，真後悔自己沒有問清楚阿星。

我只好裝作傻頭傻腦地説：「楊先生？**我不姓楊**，你弄錯了，先生，你剛才也説過你不是我要找的人。阿星説，這粒鈕扣，我交給一個胖子，就可以得到五十元的報酬，我不知道是不是給他作弄了！」

胖子 沉思 了一下，説：「你絕對是被人作弄了，不過這鈕子挺特別的，五十元是不是？」

我裝作驚喜道：「是，你……願意出 五十元 來換它？」

那胖子總算笑了一笑，取出一張五十元鈔票來，我連忙搶過鈔票，將那枚鈕扣交了給他。

他轉過身就走，我悄悄地跟蹤着，只見他去了一家十分高貴的咖啡室，喝喝 咖啡 ，看看雜誌，然後又走了出來。

胖子是向 **停車場** 的方向走去的，我判斷他要去取回車子。我靈機一動，搶先一步到達停車場，用百合匙打開了他車子的行李箱。

我閃身躲進行李箱去，並用一個 **硬幣** 💰 在行李箱蓋頂開一道縫，以防缺氧的事情再發生。

沒多久，我就聽到車門被打開的聲音，車子開動，駛了十多分鐘，好像到達了什麼地方，停下來的時候，我聽到一個人在發問：「**楊先生？**」

而那個胖子則在車廂中答道：「楊先生的姐姐！你連我也不認識麼？」

原來那暗號的回答是「**楊先生的 姐姐**」，我不禁暗自竊喜，可是馬上又聽到那個發問的人說：「那不能怪我，誰知道誰是否仍被信任？如果你不被信任，自然也答不出今天的暗號了！」

今天的暗號！我好不容易得知暗號的回答，但那暗號卻只在今天有效，到明天暗號又換了。

我聽到鐵門打開的聲音，車子繼續駛了極短的路程，又停了下來。

我耐心等了很久，手機顯示時間已是 **晚上七點半**，我估計天色已經黑了，而且那胖子一定已經發現鈕扣裏的晶片被人拆去了，正集中力量去尋找阿星和我的下落。

我 **小心翼翼** 地頂開了行李箱的蓋，這裏是一座花園洋房的前花園，閘門口有一個人正在來回踱步的把守着。

我的動作要非常迅速，才能走出行李箱，而又不被發現。

我 **輕而易舉** 地辦到了，而且留意到大屋裏唯一沒有燈光的房間在二樓，我決定爬水管，從其中一個打開的窗口潛入房間去。

成功進入房間後，由於房內確實漆黑一片，我一時之間也分辨不清這是什麼房間，只聽到房外有人在講話的聲音：「來了，來了，他已經爬進了房間，身手十分敏捷，他正在東張西望，想弄清楚房間中的情形——」

我心裏一沉，這是在説我麼？我立時想到了紅外線監視器，原來我的一舉一動已經被他們看到了！

我不敢遲疑，立刻向窗口飛奔過去，打算穿窗而逃。

但是，當我一衝到窗前的時候，「刷」地一聲，一塊銅板落下來，將窗子蓋住。我怎麼弄也無法將銅板弄開，連忙轉過身來，發現另外的幾扇窗也一樣被銅板遮住了。

本來還可以透過外面的光，看到各窗子的位置，如今所有窗都被銅板封住，房裏真的黑暗得伸手不見五指。

就在這個時候，突然有人敲門問：「我可以進來嗎？」殷嘉麗的聲音！

第五章

四個

神槍手

殷嘉麗的話不禁使我啼笑皆非，我沒好氣地回應道：

「你當然可以進來。」

門一打開，外面的光透了進來，一個美麗的剪影

站在門口，為房間開了燈，我立刻看清楚對方果然是**殷**

嘉麗。

她向我笑了一笑，「我平時都是靠阿星來傳信息和交收

物件的，要不是你的出現，我也不需要親身來這裏一趟。」

她一面説，一面走到**窗**前，將封住窗子的銅板，向上一托，銅板便「刷」地縮了上去。

我看得**目瞪口呆**，因為我剛才費盡心機，銅板也不動分毫。

她向我微微一笑，「這樣空氣好些，是不？」

我也報以一笑，「不錯，空氣好得多了。」

「我剛剛研究過你的資料，原來你是如此大名鼎鼎的人物，我們真是有**眼**不識**泰山**。」殷嘉麗説。

我敷衍地答應着，一面看看門，看看窗，想着辦法逃出去。

殷嘉麗微笑道：「你不要想離開這裏，當然我們知道你是個**神**通**廣大**、無所不能的人，但是你也應該知道，我們和你以往的敵人不同，是不是？」

我望着殷嘉麗，由衷地點了點頭，「的確很不同。」

我從未見過一個外表這樣純潔美麗的女子，竟從事着如此 **恐怖** 的工作。

殷嘉麗又笑了一笑，「而且嚴格來說，我們還不能算是 **敵人**，對不對？」

我不禁有些疑惑，「這是什麼意思？」

她說：「你雖然以極為高妙的手段，殺了我們一個特工，但你也以更高妙的手段，竟在密探星布的情形之下，又殺了一個密探——」

　　她的話還未講完，我已經鄭重地澄清道：「殷小姐，你所説的那兩個人，他們的死和我一點關係也沒有。你説我不是你們的敵人，我很高興；不過，我也絕不會是你們的 **朋友**，骯髒的特務工作與我無緣。」

　　殷嘉麗雙眉微蹙，「那麼，你到這裏來，又是為了什麼？」

　　我苦笑道：「世界上以為那兩個人是我殺的，不止你，還有 **傑克中校**。」

　　「我們已經知道你和警方秘密工作組的糾纏了，我們十分佩服你擺脱他們的方法。」

她這樣一說，便表示警方秘密工作組之中，已經被他們的人所**滲透**，要不然，她怎麼會知道我逃逸的方法是什麼。

我只好又苦笑了一下，「我沒有辦法不走，我必須找到兇手，來洗脫自己的**罪名**。不過看來我找錯門路了，如果我一早知道那第一個死者是你們的人，我是絕不會到這裏來的。」

為表誠意，我還把那塊細小的**晶片**和阿星的毒

針拿出來，歸還給她，「一場誤會，物歸原主，我可以離開了吧。」

怎料她老實不客氣地把東西取回了，卻沒有放我離開的意思，踱着步說：「本來，我們的任務已經圓滿地完成，我們得到了想要的一切，可是我們派出去搗亂陳教授 **實驗室** 🧪，毀滅盜取資料痕迹的人，卻被殺了！」

「我已經說過，那個人的死和我無關。**我要離開了！**」我說着向房門走過去。

我以為殷嘉麗會攔住我，沒想到她從容不迫，任由我步出房間。

我一跨出房間，看見門外是一條走廊，兩旁共站着四個人，身穿 **黑色西裝** 👔，神情呆滯，冷冷地望着我。

那四個人各握着一件十分奇怪的東西，看來像是手槍，卻是圓球形的。

　　殷嘉麗這時才不慌不忙地走過來，向我說明：「他們手上拿着的，是放射超小型子彈的**手槍**，它所發射的子彈，只不過如同米粒大小，但速度卻是普通槍彈的七倍，可以擊中任何在迅速移動中的目標。每一柄槍中，儲有子彈一千發，每一粒子彈皆經過氰化鉀的處理。當然，他們四個人的身手比你遜色得多，但是，**射擊**技術卻還過得去。」

　　我對她的話半信半疑，還是想**放手一搏**，嘗試逃走。可是我的腳才動了半步，槍聲就立刻響起了。

　　所謂的「槍聲」，其實並不是真正的槍聲，只不過是子彈射在**牆上**的「拍拍」聲而已，牆上立刻出現了四個由小孔組成的圓圈，每一個圓圈大約是三吋直徑，圓得像是用圓規所畫的一樣。

　　同時，我還聞到了一股杏仁的味道，那正是**氰化鉀**

的氣味。

由此可知，殷嘉麗並沒有說謊，至於她說這四個人的射擊技術「還過得去」，那是故意謙虛的說法，這四個人根本是堪稱**世界第一流**的神槍手，我是絕對比不上他們的。

我望着牆上那四個由子彈圈成的**圓形**，呆了半晌才說：「看來，我暫時只好退回房間去了。」

「是的，希望你不要埋怨空氣不好。」殷嘉麗說。

我明白她的意思，那一定是指我一退入房中，門又會被**鎖上**🔒，而窗上的銅片又會落下來。

果然，我回到房裏，殷嘉麗代我關上了門，窗上的銅板便迅速地下降，我如同被困在一個**密室**之中。

我心中十分煩悶，因為我落入了一個特務組織的手上，而特務是最難應付、最沒有人性的。我有點*後悔*剛

才沒有用毒針對付殷嘉麗,可是那樣我就真的成為殺人兇手了,而且對付得了殷嘉麗,也解決不了那四個神槍手。

我頹然坐在**沙發**上,已經一連兩天沒有好好休息過了,這時我索性睡飽了再説。

也不知**睡**了多久,我突然被開門聲驚醒,一睜開眼就看到殷嘉麗神色疑惑地走了進來,對我説:「傑克中校為了追捕你,幾乎發瘋了!」

我**懶洋洋**地笑了笑,「在意料之中吧。」

但殷嘉麗繼續説:「現在我相信,兇手並不是你。」

這句話卻大大出乎我意料之外,我瞪大了**眼睛**,她隨即解釋道:「在陳教授住宅中留守的兩個便衣探員,都被人殺死了,一個背部被刺,而另一個更不可思議──」

「怎樣不可思議?」我着急地問。

「誰都知道，**人的☠頭蓋骨**是最硬的，刀能夠刺進去麼？但那人的頭骨上被刺出了一個狹長的孔，腦漿流出而死！」

我感到了一陣寒意，説：「你們那位死去的同僚，身上也有同樣的傷口！」

殷嘉麗點頭道：「如今一共 四個 死者，遇害情形相近，傑克中校認定這個連環殺手就是你！」

我直跳起來，着急道：「我這是跳進黃河也洗不清了！」

殷嘉麗説：「不錯，如果我們放你離開，不到 **五分鐘**，你便會落入傑克中校的手中！」

「我卻願意試試。」我不放過任何能離開的機會。

「衛先生，你要找出兇手，是不是？」

「當然了，我要為自己洗脱罪名。」

　　只見殷嘉麗笑了一笑，似有什麼**企圖**，「對，你非找到真正的兇手不可！」

第六章

出神入化 的化妝術

　　望着殷嘉麗的眼神，我恍然明白了她的企圖，「你們想藉助我去找**兇手**？」

　　殷嘉麗說：「衛先生，你當真是一個聰明人。如果你拒絕，我們就會安排一些**證據**，指向你是兇手。但你若願意配合的話，我們能給你幫助，用最新的化妝術，把你化妝成另一個人，使你可以避開傑克中校的**追捕**，而在你追查兇手期間，我們不是敵人，甚至可以互相合作，你

明白了麼？」

我不置可否，只説：「如果你們想我找到兇手，就必須給我多一些情報。」

「好的。」殷嘉麗倒也爽快，毫不介意告訴我：「本來，我們想要陳教授的研究資料，已經得到了。為了掩護我的身分，我們派出一名特工，去破壞陳教授的實驗室，假裝研究資料的泄漏是外人所為，與我無關。可是，那個人卻被殺了，這證明除了我們之外，還另有人對陳教授的研究工作感興趣」

我點了點頭，留心地聽着。殷嘉麗繼續説：「我們起先以為對頭是你，如今我們想知對頭是誰，和他們已知道了些什麼？」

「那麼，陳教授所研究的——我那天在顯微鏡中所看到的，究竟是什麼？」我問。

「你看到的，是在實驗室中培養出來，別的星球上的生物，這種微生物，它們會分裂自己，吞噬自己，強壯自己，這種生長方式是地球上任何生物所沒有的。地球上的低等動物，在沒有食物的時候，會將自身的器官吞噬，例如渦蟲，但牠們在那樣做的時候，只是勉強維持生命，而不是生命的進展。」

我嘆了一口氣，「殷小姐，如果你堅持研究，那你將成為世界知名的學者，為什麼要幹特務這種骯髒的勾當？」

殷嘉麗面色一沉，只說：「陳教授也在我們的軟禁之中，你不必為他的下落操心，只管專心於你自己的事情好了，你跟我來，我們的化妝師，會替你改變容貌的。」

我不再說什麼，跟着她出了房間，那四個神槍手亦步

亦趨尾隨着，使我不敢有任何行動。

不一會，我們進入了一個房間，看見一名白髮蒼蒼的老者，我立時呆了一呆，那老者見了我，也是一呆，幸好時間極短，殷嘉麗未曾發覺。

那老者我不但認識，而且還曾救過他全家的性命，那是很久以前的事了，從那次之後，我便再沒有見過他。

這位白髮蒼蒼的老者，堪稱是世界上最偉大的化妝家，他曾經將一個花甲老翁，化為翩翩少年，也曾將如花少女，化成駝背婆婆，技術之妙，已到了出神入化的地步。

他一聲不響地工作着，在我的面上，塗着化妝用的油彩，一面工作，一面不斷用眼色和我溝通，我盡量使他明白我的處境，希望他能幫我脫身。

只見他點了點頭，在我的面上指了一指。我明白他的

意思是説，他用化妝技術助我脱身，但到底是什麼方法，我卻不知道。

足足過了大半小時，他的工作完成了，我一照 **鏡子**，忍不住笑了起來。因為在鏡中出現的，是一個禿頭、疏眉、面目可笑之極的中年人，衛斯理不知道到哪裏去了。

老者用一種特殊的液體在洗手，殷嘉麗對我説：「這種 **油彩** 是水洗不掉的，一定要用特殊配方的液體，才能洗脱。而且，如果你戴上面具，或嘗試在油彩上亂動手腳的話，這種油彩很容易會產生 **化學作用**，到時就連特殊配方的清洗液也洗不掉，你將會永遠變成這個模樣。」

我大吃一驚，連笑容都止住了。

「希望你能在 **十五天之內** 找到真兇。」殷嘉麗

説完後，就開車送我離開。

我知道他們一定會派人跟蹤監視着我，我隨意選了市

區一家二流酒店的門前下車，到酒店裏要了一間 **套房**，

靜心思考接下來的行動。

我大可以按照他們的意思，用這副模樣去查出真兇，

可是我也知道，當我一完成任務，便失去了 **價值**，而我

知道的事情實在太多了，他們必定會殺人滅口。所以，我

必須想辦法把他們也瞞過。

想了很久，想得我頭昏腦脹也想不出什麼好計策，

可以同時瞞過警方和那特務組織。我於是去洗臉清醒一下

頭腦，怎料發現面上的油彩竟然能洗掉！

我竭力將面上所有油彩洗乾淨，往鏡子一看，我又呆

住了。

因為我變成了一個像 **年輕偶像** 般的小帥哥，原來那老者用高超的技術，為我化了兩重妝，這一層才是水洗不掉的。

如今這個容貌，既不是衛斯理，也不是那中年大叔，所以不論警方，還是那特務組織，都認不出我是衛斯理，我可以放心 **自由行動** 了。

我換了衣服後步出酒店，沒有人認識我，當然也不會跟蹤我。我截了一輛 **計程車**，返回那別墅去。

車子將到那別墅之際，我已看到許多 **便衣探員** 在附近。我在別墅門口下車時，覺得四面八方都有鋭利的目光向我射來。

我走向別墅大門，才取出 **鑰匙**，就有兩個彪形大漢來到我的身邊。我早已料到會有這樣的情形出現，立即

假裝驚駭無比的神情大喊：「打劫啊，**救命啊！**」

由於化妝師在我的口內，塞上了軟膠，使我的聲音也變了。

那兩個便衣探員料不到我會忽然喊**救命**，愣了一愣，接著又有幾個人向我奔過來，喝道：「你叫什麼？你是什麼人？」

我驚慌地反問：「你……你們是什麼人？」

那兩個大漢亮出了證件，「我們是 **警方人員**。」

我吁了一口氣，裝出莫名其妙的神情，向別墅指了一指，悄聲道：「怎麼了？他出什麼事情了？還是大小老婆打架？」

那幾個便衣探員瞪大了眼睛，「**你說誰？**」

我説出那個富翁朋友的名字，道：「我是他的世侄，定期來為這別墅打掃、執拾、剪草，賺點**零用錢**。我知道近來他有一位姓衛的朋友來住，那人如今走了沒有？」

我一提到「姓衛的」，那幾個人的神情立時緊張起來，「那個姓衛的人在什麼地方？」

我翻了翻眼睛，「他不住在這裏了麼？我怎麼知道？我沒見過他，根本不認識他！」

我不得不**讚賞**自己的演技，那幾個人全給我瞞了過去，其中一個人拍了一下我的肩頭説：「小子，你要小心些，這裏最近死了好幾個人，下一個可能輪到你。」

「別説笑了，我會怕麼？」我裝出**少年大無畏**的態度。

他們沒有再説什麼，自然也不能阻止我進入私人產業。

我開門進去，便開始假裝收拾打掃，一邊抹窗，一邊向陳天遠的住宅看去，只見那邊**人影幢幢**，顯然傑克已將那裏當作了臨時工作總部。

我知道這幢別墅已被他們搜查過，而且一定仍在嚴密監視之列，所以我必須份外小心，當初我就是被警方的紅外線監視器拍攝到而惹禍的。

接着我又到**花園**去，假裝在忙碌着，一面推着割草機，一面留意着外面所發生的一切。

忽然間，割草機撞倒了一叢**玫瑰花**，我連忙俯身下去將玫瑰花扶直，卻在那叢玫瑰花中，發現了一件十

分奇怪的東西。

　　那是一大團似紙非紙，似塑料又非塑料的物體，其中一面整齊地排列着十來個 六角形的洞，每個洞可以放下四個拳頭那麼大，乍一看，倒像是一個未完成的 蜂巢。

第七章

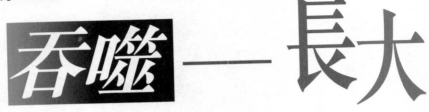

吞噬——長大

我望着那團東西許久，將它翻來覆去地察看了好一會，那實在像**蜂巢**，不但形狀像，質地也像，可是從尺寸大小來看，卻不可能是蜂巢，除非世界上有大得和**鴿子**一樣的蜜蜂。

我覺得那可能只是一件**玩具**，便順手拋了開去。

那東西被我拋出，掛在灌木叢上，隨即有一種金黃色的液汁從那東西流了出來。

我連忙上前去看，立刻聞到一股蜜香。而流到了地上的液汁，轉眼就圍滿了**螞蟻**。我不必伸手去沾一些來嘗，也可以肯定那是**蜂蜜**！

　　但我不相信普通蜜蜂能築成這樣大的蜂巢，更不相信
世界上會有大如鴿子的蜜蜂，所以我依然認為，這是一件
能注入蜂蜜的玩具，或者是**惡**作劇而已，只是不知
道它為什麼會落在這個花園裏。

　　我回到屋子裏，躺在**牀**上，思考着該從什麼途徑追
查真兇，可是腦中卻不斷想起那個古怪的大蜂巢，使我的
思緒亂上加亂。

我在牀上躺了半小時左右，**門鈴聲** 🔔 突然響起，我走到花園時，看到站在鐵門外的是傑克和他的隨員，其中一人大聲道：「我們是警方的，請開門。」

我假裝吃了一驚，急忙去將鐵門打開，五六個人一擁而入，傑克卻來到我的身邊，向我上下打量着。

我不免有點擔心，雖然我的面容已變得連我自己也認不出來，可是我的**眼神** 👁 ，卻是最難掩飾的。

傑克望了我好一會，又問了我一連串問題，我一口咬定我是那大富翁的世侄，是來幫忙打掃剪草，💰 **賺取外快**的。

傑克似乎對我的回答感到滿意，便轉過身去。

我**不由自主**地鬆了一口氣之際，傑克卻突然止住了腳步，好像察覺到我鬆了這口氣似的，又轉過了身來，雙眼緊盯着我，忽然說：「**衛斯理！**」

我大吃一驚，但心想他只不過在試探我，於是極力假裝莫名其妙，「什麼衛斯理？噢！我來之前，伯伯已經告訴我，他有個姓衛的朋友借住這屋子，不過我可以照樣來幫忙**打掃剪草**。你剛才喊的名字，就是這個人嗎？」

「沒錯，就是他，他是**通緝犯**。」傑克說。

「不是吧？」我將眼睛睜得極大，「還好他已經不在，不然我差點就和通緝犯相遇了！」

「我們想再查看一下屋子，方便嗎？」傑克說。

我明知拒絕不了，只好說：「當然方便。」

我做了一個 **請進的** **手勢**

由於屋子的門沒有關，他們便向屋子走過去。

　　怎料傑克突然又說：「還有，我想看看你的  身分證。」

　　我心裏暗呼不妙，由於事出倉卒，那特務組織只為我化了妝，卻沒有替我準備假證件。但我臨危不亂，極力保持鎮定，摸了摸口袋說：「噢，在**屋子裏**，我沒帶在身上。」

　　我和他們一起步向屋子，但我刻意放慢了腳步，漸漸墮後，直到他們一行人踏上了石階的時候，我已經蓄好了勁，突然向**圍牆**奔跑過去。

　　他們一發現我這個舉動，傑克就大喊：「衛斯理！**別逃！**」

他們奮力追來，幸好我佔了先機，已來到圍牆邊，雙足用力一蹬，攀住了牆頭，在 **子彈** 呼嘯而至之前，及時翻出牆外去。

牆外還有三四名警員，一起向我迎了上來。而在陳天遠的住宅四周圍，有着數十個密探，這時也聽到了傑克的號令，準備加入 **圍捕**。

我向前直撲，把最前面的一個警員撲倒，而他的身子又撞到了另一個警員。趁着混亂之際，我連跳帶滾，避過槍林彈雨，直衝向傑克的車子，拉開了車門，身子伏下，快速地啟動了 **引擎**，然後用手按

下油門，車子便像瘋牛一樣向
前飛馳。

車窗玻璃全被子彈擊碎
了，幸好我伏着沒有受傷。接
着車輪也泄氣了，車子猛烈地
顛簸着，已經完全失控，直滾
下公路旁的**山谷** ▲ 去。

由於我進車的時候根本沒時間關上車門，所以車門
還是開着的，我僥倖地在車子着火焚燒之前，及時從車門
跳了出來，抓住了一叢灌木，才不致於葬身火海、屍埋
谷底。

驚魂未定，我又聽到上面人聲喧譁，知道追兵來了，
連忙躲到一塊**大岩石** ⬢ 後面，使他們看不到我。

上面有人叫道：「車子掉下去了，正在**燃燒**！」

有的則説：「衛斯理已經燒死了！」

我正想鬆一口氣，但上面忽然傳來了傑克的怒喝聲：「你們在這裏幹什麼？還不下去？」

有人説：「車子毀了，衛斯理已燒死了。」

傑克怒斥：「胡説！衛斯理會燒死在車中？你親眼看到的？就算你親眼看到了他的 屍體 💀，也要提防他突然又活過來，快下去追！」

傑克這番話無疑是讚譽，但此刻的我卻情願他小看我。

我四面察看了一下，看到身後有一道 大裂縫，嘗試藏身進去，發現裂縫裏面遠比外面寬敞。我的身子愈是往內鑽，空間愈是廣闊，原來這裏面竟然是一個大山洞。

在我感到十分訝異之際，忽然聽到山洞深處傳來一陣陣「嗡嗡」的聲音。

　　我打開了**手機的閃光燈**，向前照着，小心翼翼地往山洞深處走，而那「嗡嗡」聲亦愈來愈響，令我心神不安。

　　我關了閃光燈，打算不去管那些聲音了，可是我不知道自己要躲在這裏多久，萬一山洞深處真有什麼危險威脅的話，我採取**鴕鳥**政策是很不智的。

　　於是我又開了閃光燈循聲照去，突然之間，我呆住了，完全無法相信眼前所看到的景象。

我看到了七八隻蜜蜂，正在**互相吞噬**着！

蜜蜂互相吞噬已是令人難以置信的事，但更令我毛髮直豎的，是這些蜜蜂體型之巨大，每一隻足有**兩個拳頭**大小！黃黑相間的花紋，金茸茸的硬毛，閃着怪光的雙眼，粗壯的腳以及利刃也似的刺，這一切本來全是蜜蜂所有的東西，但放大了好幾百倍後，簡直像是電影裏的**怪物**！

我後退了兩步，視線卻沒有離開那七八隻糾纏成一團的蜜蜂。只見牠們的數目已顯著減少，本來有七八隻，如今只剩下三四隻，其餘的都被牠們吞下肚子去了。

而且我也察覺到，這三四隻蜜蜂的體型，已比我剛才看到牠時大了一倍。

牠們在互相吞噬，然後**長大**！

這樣的情形，我好像在什麼地方曾看到過。

第八章

令人啼笑皆非 的真兇

　　那時我心中十分慌亂，竟記不起在什麼地方曾看到過這樣的**怪現象**。

　　就在我發呆間，蜜蜂的數目又減少了，只剩下兩隻，而這兩隻也在發出驚人的「嗡嗡」聲，互相撲擊着、咬噬着，其中一隻佔了**上風**，將另一隻狼吞虎嚥地吞了下去。

　　只剩下一隻蜜蜂了！

這蜜蜂停在石上，身子有 **有三十公分**，大小恰如鴿子，眼睛閃着充滿了妖氣的綠光，翅上閃耀着水晶似的光芒，而尾部的尖刺更如同一柄尖刀。

我連忙握住了圍在腰際的那條 **鞭子**，以防這巨蜂向我襲擊，不然被牠的尖刺戳中的話，後果不堪設想。

一想到這裏，我記起了那個離奇死亡的特工：他身上的 **傷口**，那幾乎和鬼魅一樣逸去的兇手，以及我抓到手中的那幾根硬金毛。

將這一切連結起來，再加上眼前這隻大得如此恐怖的蜜蜂，使我 **恍然大悟**：行兇的並不是人，而是我面前的巨蜂！

雖然我不能肯定殺死那四個人的 **兇手**，是否就是眼前這一隻大蜜蜂，但事情是由這種大蜜蜂所引起的，可謂毫無疑問。

　　我握着那條可以用來對付十二條大漢的鞭子，心中十分緊張。那隻大蜜蜂靜止不動，一雙像是由無數**反光鏡**組成，猶如精密光學儀器的複眼，一動也不動地望着我。

　　如今我只有兩條路可走，一是撒腿就跑，二是我先動手，先發制人。

　　我選擇了後者，奮然踏前一步，手中鞭子「**刷**」地一聲向前直揮了過去。

　　那巨蜂的反應實在太快了，鞭子才一揮動，牠便「嗡」地一聲飛起，向我直撲過來。

　　我只能彎下身子，慌忙逃竄閃避。若牠堅決要襲擊我，我是必死無疑的，但幸好那「嗡嗡」聲在我頭頂上掠過，漸漸遠去，那隻蜜蜂直飛出**山洞**去了。

　　我將鞭子收回腰間，也慢慢地向山洞外走去。我小心翼翼地向外爬着，回到了石縫邊，終於又看到陽光。

當我把手機的閃光燈關掉時，我立時後悔不已，後悔剛才只顧照明和防衛，竟完全沒想到要拍下大蜜蜂的照片，作為證明我清白的最有力證據！

我嘆了一口氣，突然聽到「砰砰」兩下槍聲，同時有人叫道：「**快舉起手來！**」

原來我已經被他們發現了，我這時絕無意圖反抗，於是立即高舉雙手，緩緩地走了出去，並向他們說：「我要見傑克中校！」

我跟他們攀回到 **公路** 邊，傑克已站在車子旁，神氣地等着我，大聲道：「衛斯理，不論你的化妝如何精巧，始終也逃不出我們的手掌，這次你再也逃不掉了。」

我攤手道：「我根本不用逃，因為我已經發現了 **真正的兇手**，你願意聽我詳細說一說麼？」

傑克鐵一般的眼珠，凝視了我許久，才說：「好，我給你 **十分鐘**。」

我於是開始敘述，從那天晚上被慘叫聲驚醒說起，發現死者，然後被偷襲，手中抓到了幾根金黃色的硬毛，一直說到剛才在山洞中的所見。

最後，我下了結論：「連續殺死了四個人的兇手，正是 **大蜜蜂**，這種大蜜蜂可能不止一隻，是對廣大市民極嚴重的 **威脅**，你得趕快採取行動！」

只見傑克的臉色愈聽愈鐵青，聽我講完後，大罵了一

句：「你以為我會相信這樣荒謬的話嗎？」

「傑克，這一切全是事實，你若是不信就 **誤大事** 了。」

傑克冷冷地說：「好了，陳教授在什麼地方？你們組織還派了什麼任務給你？你得準備回答許多問題，但不是現在。上車！」

我被押上囚車，直抵傑克主持的 **秘密** *工作組* 總部。我又看到了那個上校，他的態度和傑克恰恰相反，傑克是鐵青着臉，他卻滿臉笑容。

他一見到我，便過來和我 *握手*，「幸會！我們又見面了，我相信這一次，你一定會和我們好好地談一談。」

我冷冷地瞪了傑克一眼，「不錯，我是願意和你們好好地談一談的，只可惜，我對傑克中校說了一切，他卻不相信。」

傑克怒吼道：「他全然是在 放屁——」

那上校一揚手，止住了他的話，對我說：「他不信麼？你可以對我再說一遍。請到我的 私人辦公室 來，這邊，請！」

上校的態度客氣得過分，老實說，我也絕不喜歡他這種態度，感覺太老練狡猾了。

他帶我來到一個房間，那房間佈置得十分舒適而不規律，像是一個懶散作家的 **書房** 。

上校替我倒了一杯酒，我把自己埋在又大又軟的 **沙發** 中說：「好，我該將已對傑克中校説過的話，再對你説上一遍了。」

怎料上校搖頭道：「不必了，我們可以聽**錄音**，你留意當中可有什麼漏去的地方。」

他一面說，一面拿出他的**手機**，播放一段錄音，正是我在公路上和傑克的全部對話，字字清晰。

我看到上校用心地聽着，他的臉上始終帶着**笑容**，看不出他心中究竟在想些什麼，也不知道他對我的話有何看法。

等到全部錄音播放完了，他才問：「衛先生，你覺得還有什麼要補充的嗎？」

我搖了搖頭，「沒有，如果有的話，那只是一句：***我所說的全是實話。***」

上校笑着道：「衛先生，G先生還好麼？我已很久沒聽到他的消息了，想不到他這次又到遠東來活動。」

我呆了一呆，反問道：「**G先生？**」

　　上校哈哈大笑，站起身來，「我們不必捉迷藏了，衛先生，你是G到 遠東 來之後的第一號助手，我們已經確知了！」

　　我不禁啼笑皆非，「上校，我不認識什麼E先生、G先生，更不會是什麼人的第一號助手，你的情報 **完全錯了！**」

　　上校微笑着，站起身來，又拍了一下我的肩頭說：「G是我們敵對陣營的健將，所以，由你口中得到關於他的一切，對我們來說十分重要，你明白麼？」

　　我大聲叫道：「**你——**」

　　上校一擺手，「你不必高聲叫，只要在這房間內，低聲說出來，我都能聽得清楚的。現在我離開一小時，你只管說。」

　　我苦笑了一下，目送 👁 他離開房間。

這次我絕不試圖逃走，因為我知道他們總有一刻會相信我的話。

我一口乾掉杯中的 **酒**，又自己去倒了一杯，不知不覺將那大半瓶的白蘭地喝光了，倒在沙發上，*沉沉睡去*。

不知睡了多久，我被一種強烈的光線刺激而醒了過來。

當我睜開眼來時，依稀看到強光後面有幾個人影，卻看不清是什麼人，我用手擋着強光喝道：「**拿開 強光 燈！**」

接着我聽到傑克的聲音説：「又有人被殺了！」

第九章

釋放瘋子

對於又有人被殺，我是早有心理準備的，雖然這能證明我的 清白，但我絕對不感到高興。

萬萬想不到，傑克突然重重地在桌上擊了一拳，激動地大聲道：「我真夠蠢，聽了你的話之後，居然真的派人去尋找那些 蜜蜂，我怎麼會蠢到這種地步，竟會相信你的話！」

我聽得 一頭霧水，只見他狠狠地瞪着我說：「你欺騙我派人去荒野搜尋蜜蜂，給你們的組織製造機會，殺了我們兩個人，兩個！」

原來死的是警方人員，而傑克依然不相信我的話，認為是我故意設陷阱害死他們的人員。我連忙問：「那兩個人的**死狀**，可是和以前幾個一樣？」

傑克厲聲道：「你希望他們怎樣？希望他們被炸藥炸成灰塵？」

「傑克，事情不是很明顯嗎？這證明我的話是真的，有這種**大蜜蜂**存在，你派出去的部下，是被大蜜蜂刺死的，你可以仔細看看他們的傷口。」

「他們是帶着**武器**的！」傑克怪聲叫道。

「我敢打賭，他們見到那種大蜜蜂之後，一定是太驚駭了，還未反應過來，就已經被大蜜蜂攻擊。而且，他們所帶的武器是什麼？**手槍**？刀？警棍？雖然這種蜜蜂大如鴿子，但你有把握用這些武器擊中一隻突然出現的鴿子嗎？你想想，你的部下絕不是飯桶，怎可能被敵人

用利器刺死而毫無反抗能力？唯一的解釋是，他們的敵手不是人，而是他們前所未見，束手無策的**怪物**！」

傑克不再出聲，突然一個轉身，大踏步向外走了出去。

「中校，我可是已經**自由**了？」我連忙跟着他走出去，可是一到門前，就遇到那個上校。

他的面上破例地沒有笑容，皺着眉説：「你使我們為難了，我們將你的口供，報告給**情報本部**，本部訓斥我們，説我們錯抓了一個瘋子。所以——」

聽到這裏，我的眉皺得比他更厲害，驚道：「你們不會把我關到**精神病院**去吧？」

他搖着頭，「不，抓瘋子不在我們的工作範圍內。所以，你可以走了。」

我有點難以相信自己的**耳朵**，他們居然這麼輕易

放我走？我疑惑地問：「我⋯⋯真的可以走了？」

上校苦笑着點點頭，「趁我們仍覺得你是瘋子的時候，你最好快點走，而且不要表現得太正常，以免我們**改變** 主意 。」

我不管那麼多了，盡快離開這個**鬼地方**再算，於是像瘋子般做出了一個鬼臉說：「對，我就是瘋子，再見！」

我知道事情沒那麼簡單，他們這樣輕易放我走，一定有原因。最大的可能是，他們想偷偷**跟蹤**我，認為我

會回去那特務組織，見那個什麼G先生。

不過對我來說，被人跟蹤總比囚禁着好，所以我也樂於裝傻任由他們跟蹤。

我獲得釋放後，先回到家裏去，老蔡恰好從**廚房**出來，他以十分詫異的眼光望着我，我說：「老蔡，你連我也不認得嗎？」

老蔡驚訝得張大了口，「為什麼……變得這麼帥？像個年輕偶像一樣，你去哪裏**整容**回來了？」

「唉，說來話長。老蔡，你幫我去買一些東西，我約了一位朋友來見面。」

我在坐車回來的時候，已經寫好了一張清單，包括劍擊用的銅絲面罩、**採捕**標本用的大網等等，讓老蔡幫我去買。同時，我亦打了一

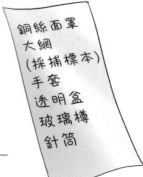

銅絲面罩
大網
(採捕標本)
手套
透明盒
玻璃樽
針筒

通電話，邀請一位生物學家朋友前來詳談。

「你指符先生嗎？他已經在書房。」老蔡説。

「已經到了？」沒想到我這位朋友來得比我還快，我連忙去**書房** 找他，而老蔡則拿着我那張清單去購物。

我一走進書房就叫道：「強生，你來了。」

「衛斯理，你怎麼比我還遲──」符強生正在書房裏隨意**翻**着書，一聽到我的聲音便回頭看過來，立時驚叫：「老天，你究竟在弄些什麼花樣？又易容去幹什麼壞事嗎？」

「我什麼時候幹過壞事？」我十分嚴肅地説：「現在我沒閒情和你開玩笑，你得聽我講一連串的事。但事先聲明，以我們兩人的**友誼**作保證，我所講的全是真話，你無論如何也要認真地聽完。可以嗎？」

我和強生是從小的朋友，互相打過架，吵過嘴，自

然也開過許多 **大大**小小的玩笑，所以我要非常嚴肅地聲明在先。

符強生舉起 **右手**說：「好，我一定相信你。」

我在書房裏來回踱步，開始從頭說起，一提到我住在陳天遠教授的隔鄰時，符強生就忍不住「啊」地一聲叫了起來：「陳教授是我最崇拜的人之一，他東來之後，我曾和他聯絡過許多次，最近因為他實驗工作太忙，所以我才不去打擾他，只和他的助手聯絡。」

我點了點頭，「一位美麗動人的小姐。」

符強生忽然漲紅了臉，端了端眼鏡，尷尬地說：「你這話是什麼意思？」

符強生的反應使我感到莫名其妙，難道他對殷嘉麗萌生了**愛**意？如果是這樣的話，那麼他在知道了殷嘉麗的另一重身分之後，一定傷心欲絕。

　　我緩緩地說：「我的意思是，陳教授的女助手殷嘉麗，是一位十分美麗的小姐，正像一朵玫瑰，美麗而多刺。」

　　我故意這樣**含蓄地**提醒他，殷嘉麗絕不是什麼善男信女。

　　可是符強生聽了之後，大皺眉頭道：「衛斯理，枉你不斷地**寫小說**，但我發現你連形容一位可愛女子的能力也沒有。」

　　我心中又好氣又好笑，「不錯，我是形容得不恰當。她不是玫瑰，而是**罌粟**，比玫瑰更美麗，但卻是有毒的。」

　　符強生的面色變得十分難看，好一會才恢復過來，我幾乎可以肯定他對殷嘉麗有意思。

　　我走過去，在他的肩頭上拍了兩下，說：「讓我們

言歸正傳吧。首先，你可相信世界上有一種蜜蜂，牠的身體和 **鴿子** 一樣大？」

符強生搖了搖頭，「這是沒有可能的事，雖然已經發現不少激素能使生物反常地 **生長**，但也不可能使蜜蜂大到那個程度。」

「可是，我看見過這樣巨型的蜜蜂，而且，這種巨蜂已經殺死了 六個人 ，牠們的尾刺比牛肉刀更鋒銳和堅硬，可以直刺進人的頭骨。」

符強生聽了我的話後，面色突然變得十分蒼白，雙目卻透出 **夢幻般** 的神采，雙手緊緊地握着拳，指節發白，看來是因為興奮到了極點，以致

神經緊張成這樣的地步。

我連聲叫他：「喂，你怎麼了？」

符強生突然走到牆邊，握着雙拳在牆壁上興奮地擊打了幾下，嚷道：「他成功了，**他真的成功了！**」

第十章

海王星
生長方式 的大蜜蜂

我滿腹疑團地問符強生：「你説誰成功了？成功了什麼？」

符強生轉過身來説：「**傻瓜**，你還看不出來麼？陳天遠教授成功了，他在實驗室中培養出別的天體生物，牠們擁有特殊的激素，生長方式跟地球上的生物完全不同，將會改變整個地球的生態發展，包括**人類的未來**。」

我從符強生的雙眼，看到當日陳教授向我展示研究成

果時那種興奮的神情，符強生不斷地說：「人類的發展已到了終站，人類將會在**地球** 上消失。衛斯理，你可想得到，你這幢美麗舒適的房子，在不久的將來，可能會因為兩隻貓在附近打架，而變成**廢墟**？」

「你這是什麼意思？」

「蜜蜂原來的大小是多少？你說你見到和鴿子一樣大的大蜜蜂，牠的體積增長了多少倍？同樣的增長，若是發生在**貓** 的身上，一頭普通的貓，會比恐龍還大，你的房子，被牠們的尾巴一掃，就不再存在了！」符強生很着急，轉過身去，「我要去見陳教授，雖然人類可能快要**被毀滅**，但從科學上來說，這總是一項值得祝賀的研究成果！」

我一盤冷水澆下去，「遲了，陳教授**已失蹤**。」

符強生呆了一呆，「胡説！幾天前的一個晚上，他還打電話給我，説他成功了，他所培養的東西出現了，當時我還以為他是**開玩笑**，敷衍他幾句就掛線去睡。」

聽了他的話，我心中一亮，想起那天晚上，我在陳教授的實驗室裏，用**顯微鏡**看到的情形：一個看來像是單細胞生物的東西，在分裂着、吞噬着，並迅速地長大，和我在那山洞裏看到的那些大蜜蜂互相吞噬增大的情景如出一轍。

我在**山洞**時，覺得那情景似曾相識，卻想不起來，現在聽了符強生的話，馬上就記起了！

我不禁叫了出來：「陳教授的成果，**我親眼目睹過！**」

符強生猛地一怔，「什麼？你見過？你見到了什麼？」

「不斷分裂、**吞噬**，同時生長着……」我極力將當

晚所見，和在山洞中所看到的情景，向符強生講了一遍。

符強生呆了半晌，問：「陳教授為什麼會失蹤？」

我沒有把殷嘉麗的身分說出來，只道：「他被一個**特務**組織軟禁了。」

符強生長嘆了一聲。

我還是有許多地方不明白，便問：「那種大蜜蜂是怎樣形成的？牠們就是**海王星** ⬤的生物？」

符強生思索着說：「我也不太確定，他大概是用蛋白質，在模擬海王星環境的培養箱中，產生出一種新的『**霉**』，嚴格來說，那不算生命，而是能影響生命的一種『*激素*』，我猜想可能是他不小心，讓這種激素在無意中進入了蜜蜂的體內，使這些蜜蜂反常地生長！」

我立時想到符強生剛才說過貓的比喻，萬一那種『霉』進入了一隻貓的體內，那隻貓的身體不斷長大，達到 **一千倍**以上，那會變成什麼樣的世界？人類還可以統治地球麼？想到這裏，我不禁打了一個冷顫。

特務組織對這種激素虎視眈眈是理所當然的，因為它的威力堪比**核子**武器，能隨時毀滅任何國家。

「強生，這種激素是不是能使任何地球生物改變生長方式，迅速地長大？」我問。

符強生搖着頭，「我不知道，除非有這樣的激素供我

研究。」

我提出了我的計劃：「我們去捕捉那樣的大蜜蜂，捉到了之後，你就可以用來研究了。」

「能捉得到麼？」符強生有點**疑慮**。

這時恰巧有開門聲，估計是老蔡買完東西回來，我立即拉着符強生下樓説：「我想可以的，我已經叫老蔡去買需要的工具回來。」

怎料我一下樓，除了見到老蔡之外，還有**兩個人**跟着老蔡進來，一個是傑克，另一個是上校。

上校又掛着那副虛偽的笑容來跟我握手，説：「衛先生，看來我們要相信你的話了。」

我冷冷地説：「瘋子的話，你最好別信。」

上校哈哈笑道：「不錯，你的話太**荒誕**了，很難令我們相信，但是符博士絕不可能是瘋子，聽了你倆的對

話，我們相信——」

我忍不住怒道：「原來你們不只跟蹤我，還有偷聽？」

上校笑道：「你摸摸你的 喉間 。」

我呆了一呆，連忙伸手向喉間摸去，感覺好像生了一顆 **大暗瘡**。上校踏前一步，取出一把十分精巧的鉗子說：「你抬起頭來，待我將這東西取下來。」

我心中充滿了疑惑，抬起了頭，頸際有一種被人撕脫

了一塊皮也似的感覺，卻又不怎麼痛。

低下頭來時，我看到上校手上那隻**鉗子**中，鉗着一塊和我膚色完全一樣的一塊皮膚，比指甲還要小。

上校將那片皮膚翻過來，我看到了一顆不會比米粒大的**電子裝置**，分明是一具超微型的偷聽器。

「那是什麼時候——」我很驚訝，竟然不知道他們在我身上安裝了這樣的偷聽器，可是想了一想，**恍然大悟**，「那瓶白蘭地！我喝完之後昏睡過去，你們就趁那個時候——」

「對。」上校有些得意，「現在證明了你的清白，而且也不是瘋子，這樣不好嗎？」

我沒有說什麼，上校繼續道：「衛先生，我們知道能為你作這種化妝的，只有一個人，而這個人受僱於一個**特務**組織，今天我們逮捕了他。」

「上校，我相信他是無辜的。」我説。

「不錯，他也説你是無辜的，你倆都是受到特務組織的威迫，才為他們辦事。」

我立刻糾正他：「不對！我沒有為他們辦事，我完全是為了自己而去 **追查真兇** 的，只是他們強行為我化妝。」

「非常好！」上校高興地説：「我們 **合作**，一定可以盡快救出陳天遠教授。」

我不禁瞪大了眼睛，呆呆地望着他，「我什麼時候説跟你們合作？」

上校在我的肩頭上拍了一下，「還怪我們在你身上裝 **偷聽器** 嗎？別那麼小器。」

我正想反駁時，他卻繼續説：「我們的計劃是，你再度回去他們的據點，探查陳教授的下落，務必將他救出。」

我搖頭拒絕，「對不起，我的計劃和你不同，我打算先去捉**一隻巨型 蜜蜂**。」

上校苦笑道：「你不會成功的。你看看這個，是今天早上軍機演習時拍到的。」

他拿出手機向我展示一段影片，是在高空拍攝的，畫面裏有一架**戰鬥機**，正在空中高速飛行，而在戰鬥機的旁邊，分別有 **四隻 蜜蜂** 伴着它一起飛。

從飛機和蜜蜂的大小比例來看，這些蜜蜂，正是我要去捉捕的大蜜蜂，而牠們居然飛得和戰鬥機**一樣快、一樣高！**（待續）

案件調查輔助檔案

盛情難卻

陳教授本來在美國主持一項太空生物研究工作，但因為獲得一位好友的邀請，**盛情難卻**，才來此地為一家大學任教。

意思：難以辭謝的濃厚情意。

大吃一驚

我聽了**大吃一驚**，「他」是什麼人？難道有歹徒入屋胡作非為？

意思：形容非常驚訝意外。

哭笑不得

只見殷嘉麗既着急又有點**哭笑不得**，連忙拉着陳教授説：「當然不是他！在實驗室裏！」

意思：形容令人又好氣又好笑的感覺。

聞所未聞

它們吞噬的，可以説是它的本身，這種生長方式真是**聞所未聞**。

意思：聽到從未聽過的事。

如夢初醒

陳天遠**如夢初醒**，「不錯，朋友，你該離開這裏了！」

意思：比喻從糊塗、錯誤的認識中恍然大悟。

非比尋常

警方如此大陣仗，使我隱隱感覺到，此事**非比尋常**。

意思：不同於平常的，指比一般要來得特殊的。

風馳電掣

而那個死者，則被抬上黑箱車，由四個武裝人員保護着，**風馳電掣**而去。

意思：比喻快速。

膽大包天

那兇手實在**膽大包天**，居然在警員密佈的情形下，殺死一個探員！

意思：形容不顧一切，任意橫行。

不知所終

昨夜兇手行兇後瞬間就**不知所終**,那麼短的時間,他能逃到哪裏去?

意思:不知道下落和結果。

鄭重其事

運送一個涉嫌謀殺的疑犯,是絕不需要如此**鄭重其事**的,我知道自己一定是被扯進了什麼重大的漩渦之中。

意思:處理事物的態度嚴肅認真。

冷嘲熱諷

傑克在車外不斷地**冷嘲熱諷**,以泄他心頭之恨。

意思:形容尖酸、刻薄的嘲笑和諷刺。

唯利是圖

我離她二十呎左右,站在樹下,又等了近半小時,終於有一個人向殷嘉麗的長椅走過去,而且這個人我是認識的,他叫阿星,是一個**唯利是圖**,只要有錢,什麼勾當都願意做的小流氓。

意思:形容只顧着謀求利益。

衛斯理系列少年版 24

蜂雲 ⑱

作　　　　者：衛斯理（倪匡）

文 字 整 理：耿啟文

繪　　　　畫：鄺志德

助理出版經理：周詩韵

責 任 編 輯：陳珈悠

封面及美術設計：雅仁

出　　　　版：明窗出版社

發　　　　行：明報出版社有限公司

　　　　　　　香港柴灣嘉業街 18 號

　　　　　　　明報工業中心 A 座 15 樓

電　　　　話：2595 3215

傳　　　　真：2898 2646

網　　　　址：http://books.mingpao.com/

電 子 郵 箱：mpp@mingpao.com

版　　　　次：二〇二二年六月初版

I S B N：978-988-8688-42-5

承　　　　印：美雅印刷製本有限公司